El patito feo

Recontado por Logan Avery
Ilustrado por Luke Scriven

cua, cua, cua

on

cua, cua, cua

on

on

on

cua, cua, cua

on

on

on, on, on

Créditos de publicación

Rachelle Cracchiolo, M.S.Ed., *Editora comercial*
Nika Fabienke, Ed.D., *Directora de contenido*
Véronique Bos, *Directora creativa*
Shaun Bernadou, *Directora de arte*
Michelle Jovin, M.A., *Editora asociada*
Caroline Gasca, M.S.Ed., *Editora superior*
Jess Johnson, *Diseñadora gráfica*

Créditos de imágenes: Ilustraciones de Luke Scriven.

Library of Congress Cataloging-in-Publication Data

Names: Avery, Logan, author. | Scriven, Luke, illustrator.
Title: El patito feo / recontado por Logan Avery ; ilustrado por Luke Scriven.
Other titles: Ugly duckling. Spanish
Description: Huntington Beach, CA : Teacher Created Materials, [2020] | Audience: Grades K-1.
Identifiers: LCCN 2019052206 (print) | LCCN 2019052207 (ebook) | ISBN 9780743927444 (paperback) | ISBN 9780743927598 (ebook)
Subjects: LCSH: Spanish language--Readers.
Classification: LCC PC4115 .A788 2020 (print) | LCC PC4115 (ebook) | DDC 468.6/2--dc23

TCM Teacher Created Materials
5301 Oceanus Drive
Huntington Beach, CA 92649-1030
www.tcmpub.com

ISBN 978-0-7439-2744-4

Printed in China
Nordica.032020.CA22000023